▼ Les Histoires du Père Castor ▼

Qu'elles soient nées dans l'esprit fécond d'un auteur ou venues du fond des âges et de pays lointains, les histoires transmettent une culture, une tradition, elles parlent de nous. Comprendre, accepter les autres, mieux se connaître, se laisser porter par la magie des mots et des images : c'est tout cela que les Histoires du Père Castor offrent.

Depuis 1931, le Père Castor propose de merveilleuses histoires illustrées, et crée les classiques de la littérature pour enfants, d'hier et d'aujourd'hui. Nous perpétuons cette tradition avec les talents d'auteurs de mots et d'images pour le plaisir toujours renouvelé du partage de la lecture...

Hansel et Gretel

Pour Marie-Thé et Joseph.
S. L.

© Flammarion 2014, pour le texte et l'illustration
© Flammarion 2018, pour la présente édition
Dépôt légal : mars 2018
ISBN : 978-2-0814-2732-7
Imprimé en République Tchèque par PB Tisk – octobre 2021
Éditions Flammarion (L.01EJDN001496.A006) – 87, quai Panhard-et-Levassor, 75647 Paris Cedex 13
Loi n° 49-956 du 16 juillet 1949 sur les publications destinées à la jeunesse

Hansel et Gretel

Un conte d'après les Frères Grimm
Illustré par Sophie Lebot

PÈRE CASTOR

Près d'une grande forêt vivaient un pauvre bûcheron,
sa femme et ses deux enfants.
Le garçon s'appelait Hansel et la fillette, Gretel.
La famine s'abattit sur le pays, et même le pain vint à manquer.
Un soir qu'il ne pouvait dormir à cause de ses soucis,
le bûcheron dit à sa femme :
– Qu'allons-nous devenir ? Comment nourrir nos enfants ?
– Sais-tu quoi, mon homme ? dit-elle. Demain matin,
nous emmènerons les enfants en forêt. Nous leur allumerons un feu
là-bas, puis nous irons à notre travail et les laisserons seuls.
Ils ne sauront pas retrouver leur chemin.
– Non, ma femme, dit le père. Comment pourrais-je
abandonner mes enfants dans la forêt ?
Les bêtes sauvages auraient vite fait de les dévorer.
– Fou que tu es ! dit la femme. Nous allons donc mourir de faim
tous les quatre !
Et elle ne laissa pas tranquille son mari jusqu'à ce qu'il accepte.

Or, les deux enfants, que la faim tenait éveillés, avaient tout entendu.
Gretel se mit à pleurer, mais Hansel la consola :
– Calme-toi, petite sœur, j'arriverai bien à nous tirer de là.
Dès que les parents furent endormis, il se leva, enfila sa veste,
et se glissa dehors.
Devant la maison, le clair de lune faisait briller les petits cailloux blancs
qui recouvraient le sol.
Hansel en ramassa autant que pouvaient en contenir ses poches,
puis il rentra.
– Ne t'inquiète plus, petite sœur, dors tranquille !
dit-il en se recouchant.

Au petit matin, la femme réveilla les deux enfants :
– Debout, paresseux ! Nous partons ramasser du bois en forêt.
Elle tendit à chacun un morceau de pain et ajouta :
– Voici un petit quelque chose pour midi. Mais ne le mangez pas
avant, parce qu'il n'y aura rien d'autre.

En route pour la forêt, Hansel s'arrêta plusieurs fois pour regarder
vers la maison. Son père lui demanda :
– Qu'est-ce que tu as à traîner et à toujours regarder en arrière ?
– Oh, père, je regarde mon petit chat blanc perché sur le toit.
En réalité, à chaque arrêt, Hansel jetait sur le chemin un des petits
cailloux qu'il avait dans ses poches.

Quand ils furent arrivés au milieu de la forêt,
le père dit :
– Ramassez du bois, les enfants, je vais
vous faire un feu pour que vous n'ayez pas froid.
Hansel et Gretel firent un tas de bois mort
et quand les flammes furent bien hautes, la mère dit :
– Reposez-vous bien au chaud. Nous allons couper du bois
un peu plus loin puis nous reviendrons vous chercher.

Hansel et Gretel se tinrent sagement près du feu, et à midi,
chacun mangea son petit bout de pain.
Ils attendirent si longtemps qu'ils finirent par s'endormir.

Quand ils se réveillèrent, c'était déjà nuit noire.
Gretel commença à pleurer :
– Comment ferons-nous pour sortir de la forêt !
Mais Hansel la réconforta :
– Attends que la lune se lève. Alors nous retrouverons notre chemin !
Et quand la pleine lune brilla dans le ciel, il prit sa sœur par la main
et suivit les petits cailloux blancs, qui luisaient comme des sous neufs.

Au petit matin, ils arrivèrent devant leur maison et frappèrent à la porte.
– Méchants enfants ! gronda la mère en les voyant.
Dormir si longtemps dans la forêt, en voilà des façons !
Nous pensions que vous ne vouliez plus revenir !
Le père, lui, se réjouit de les revoir, car il avait le cœur gros
de les avoir abandonnés ainsi.

Mais la misère était toujours là ; et de nouveau les enfants
entendirent leur mère :
– Une demi-miche de pain, c'est tout ce qui nous reste, disait-elle.
Les enfants doivent partir, mais cette fois nous les mènerons plus loin
dans la forêt pour qu'ils n'arrivent pas à retrouver leur chemin.
Le père était malheureux mais il dut accepter encore une fois.

Leurs parents endormis, Hansel voulut sortir pour ramasser
à nouveau des petits cailloux, mais la porte était verrouillée.
– Ne pleure pas, dit-il à sa petite sœur,
nous trouverons bien une solution.

Tôt le matin, la mère tira les enfants du lit, et leur tendit
un bout de pain plus petit encore que la fois précédente.
En route vers la forêt, Hansel l'émietta dans sa poche,
et s'arrêta souvent pour en jeter un peu sur le sol.
– Hansel, qu'as-tu donc à traîner ? gronda le père.
– Je regarde mon petit pigeon blanc perché sur le toit,
répondit Hansel qui continua à semer des miettes de pain.

Ils arrivèrent au fin fond de la forêt, dans un endroit inconnu
des enfants. De nouveau un grand feu fut allumé et la mère leur dit :
– Restez ici vous reposer. Nous allons couper du bois un peu plus loin
et ce soir, nous reviendrons vous chercher.
Vers midi, Gretel partagea son peu de pain avec Hansel,
puisqu'il avait semé le sien tout le long du chemin.
Puis ils s'endormirent. L'après-midi s'écoula, puis le soir,
mais personne ne revint près des pauvres petits.

Quand ils se réveillèrent enfin, c'était déjà nuit noire,
et Hansel consola sa petite sœur :
– Attends seulement que la lune se lève, Gretel, alors les miettes
de pain nous montreront le chemin de la maison.
La lune monta, et ils se mirent en route, mais ils ne trouvèrent plus
une seule miette de pain nulle part, car les oiseaux les avaient
toutes picorées.

Les deux enfants marchèrent toute la nuit, et le jour suivant,
sans parvenir à sortir de la forêt.
Ils étaient si fatigués qu'ils se laissèrent tomber au pied d'un arbre
et s'endormirent.

Puis ce fut leur troisième matin loin de la maison paternelle.
Si personne ne venait à leur aide, ils ne tarderaient pas à mourir de faim !
Vers midi, ils aperçurent sur une branche un bel oiseau blanc.
Il chantait si joliment que les enfants s'arrêtèrent pour l'écouter.
Son chant fini, l'oiseau déploya ses ailes et voleta devant eux.
Ils le suivirent jusqu'à une petite maison.

L'oiseau se posa sur le toit de la maisonnette. En approchant,
les enfants virent que les murs étaient en pain d'épice,
le toit en biscuit et les fenêtres en sucre.
– Ah! dit Hansel, nous allons nous régaler!
Il se haussa sur la pointe des pieds pour atteindre le toit,
et en arracha un petit morceau pour y goûter.
Gretel se mit à lécher le sucre d'une vitre.
Alors une voix douce sortit de l'intérieur :
Grignoti et grignotons! Qui grignote ma maison?
Tranquillement, les enfants répondirent :
C'est le vent, c'est le vent, le céleste enfant.
Et ils continuèrent à manger sans se troubler.
Mais la porte s'ouvrit d'un coup, et une très vieille femme apparut,
appuyée sur une canne. Elle secoua la tête et dit :
– Hé, hé! chers enfants, qui vous a conduits ici?
Venez donc chez moi, il ne vous arrivera rien de mal!

La vieille les fit entrer dans sa maisonnette.
Elle leur servit un délicieux repas, puis leur prépara
deux petits lits blancs.
Hansel et Gretel s'y couchèrent : ils se croyaient au paradis.

Mais en réalité cette vieille était une méchante sorcière.
Elle avait construit sa maisonnette de pain d'épice
pour attirer les enfants.
Dès qu'elle en attrapait un, elle le faisait cuire et le mangeait.

Le lendemain matin, la sorcière regarda les bonnes joues roses
des enfants endormis et murmura :
– Ceux-là, je les tiens ! Ils ne m'échapperont pas !
Elle empoigna Hansel et, malgré ses cris, l'enferma
dans une petite remise derrière une porte grillagée.

Ensuite elle revint secouer Gretel en hurlant :
– Debout, paresseuse ! Va préparer quelque chose de bon
à manger pour ton frère, il faut qu'il engraisse.
Dès qu'il sera assez dodu, je le mangerai.
Gretel eut beau pleurer amèrement, elle dut obéir à la sorcière.

Dès lors, Hansel eut les plats les plus appétissants
alors que sa petite sœur n'avait que des os à sucer.
Chaque matin, la sorcière allait à la remise et criait à Hansel :
– Passe-moi ton doigt dehors, que je le tâte pour savoir si tu es déjà assez gras.
Le garçon lui tendait alors un petit os de poulet, et la vieille,
qui avait de mauvais yeux, croyait que c'était vraiment le doigt d'Hansel,
et s'étonnait chaque fois qu'il n'engraisse pas.

Au bout de quatre semaines, la sorcière perdit patience :
– Holà, Gretel ! cria-t-elle à la fillette, apporte de l'eau sans traîner !
Maigre ou gras, le Hansel, je le veux pour mon déjeuner !
Hélas ! comme la pauvre petite pleurait en apportant l'eau,
comme ses larmes ruisselaient le long de ses joues !
– Ah, gémissait-elle, si seulement les bêtes de la forêt
nous avaient dévorés ! Au moins nous serions morts ensemble !

La sorcière poussa la malheureuse Gretel vers le four allumé.
– Faufile-toi dedans, ordonna-t-elle, et vois s'il est assez chaud.
Elle voulait enfermer la petite dans le four pour la faire rôtir
et la manger en premier !
Gretel devina son intention et dit :
– Je ne sais pas comment… entrer là-dedans !
– Stupide dinde ! L'ouverture est bien assez grande ! Regarde :
je pourrais y entrer moi-même ! dit la sorcière en s'accroupissant
pour y passer la tête.
Alors Gretel la poussa d'un grand coup dans le four,
claqua la porte de fer et bloqua le gros verrou.

La vieille se mit à hurler, et la petite se sauva,
laissant rôtir l'épouvantable sorcière.

Gretel courut tout droit à la remise délivrer son frère :
– Hansel, nous sommes libres ! La vieille sorcière est morte !
Le garçon bondit hors de sa prison, tel un oiseau hors de sa cage.
Les enfants se sautèrent au cou, s'embrassèrent et gambadèrent
comme des fous.

N'ayant plus rien à craindre, les deux enfants retournèrent
dans la maisonnette. Dans tous les coins, il y avait
des coffres de perles et de pierres précieuses.
– C'est mieux que mes petits cailloux! dit Hansel en remplissant
ses poches à craquer, tandis que Gretel en prenait plein son tablier.
– Partons maintenant, dit Hansel, fuyons cette forêt ensorcelée.

Au bout de quelques heures, ils furent arrêtés par une large rivière.
– Nous ne pouvons pas traverser, dit Hansel, je ne vois ni pont ni gué.
– Je ne vois pas de barque non plus, dit Gretel. Mais voilà un canard blanc.
Si je le lui demande, il va bien nous aider.
Elle appela :
Canard blanc, nous sommes Hansel et Gretel!
Il n'y a ni passerelle ni pont. Porte-nous sur ton dos rond.
Le canard s'approcha aussitôt.
Hansel s'installa sur son dos, et dit à sa sœur de le rejoindre.
– Non, non, répondit-elle, ce serait trop lourd pour lui :
il nous portera l'un après l'autre.
Et c'est ce que fit le brave petit canard.

Dès qu'ils eurent traversé l'eau, la forêt leur parut de plus en plus familière.
Enfin ils aperçurent de loin leur maison.
Ils se précipitèrent à l'intérieur et se jetèrent au cou de leur père.
Le pauvre homme était inconsolable depuis qu'il avait abandonné
ses enfants dans la forêt. Quant à sa femme, elle était morte.
Gretel secoua son tablier et les perles et les pierres précieuses roulèrent
de tous côtés. Hansel en sortit d'autres de ses poches par poignées.
C'en était fini de leurs soucis! Et tous ensemble ils vécurent très heureux.

Vous avez aimé cette histoire ?
Découvrez également...

▼ Dans la même collection ▼

n° 11 | La Plus Mignonne
des Petites Souris

n° 14 | Le Petit Bonhomme
de pain d'épice

n° 16 | Baba Yaga

n° 19 | La Grande Panthère
noire

n° 32 | Tom Pouce

n° 48 | Un bon tour de Renart

n° 54 | La Chèvre
de Monsieur Seguin

n° 58 | L'Ours et les trolls
de la montagne

n° 61 | Le petit loup
qui se prenait pour un grand

▼ Dans la même collection ▼

n° 65 | Épaminondas

n° 79 | Bravo Tortue

n° 81 | Le Démon de la vague

n° 94 | Raiponce

n° 97 | La Plume du caneton

n° 104 | Le Joueur de flûte de Hamelin

n° 105 | Histoire de la lettre…

n° 106 | Un gâteau 100 fois bon

n° 118 | Petite Poule noire comme nuit